叶辛中篇小说选

典藏版

名 誉

—— 叶 辛 著 ——

中国出版集团 东方出版中心

名　誉

　　爱情,仅仅是发生在两个相爱者之间的事吗?

　　当这个人从山坡下几棵稀疏的灌木后头露出脸来的时候,他们俩谁都不曾经意,以为他是爬山走岔了道,拐到这条细蛇般的小路上来的。在隐峰山,这样的小路太多了。况且他俩仅仅只是并肩相挨地坐着,膝盖都不曾相碰。以这样的姿势大白天坐在公园里的情侣,实在是太多了。他们无须心虚胆怯。尽管他俩谈得亲热时,情不自禁地接过吻。这又有什么可以责备和大惊小怪的呢？在省城，白天的人行道上、电影院里、公共汽车站，相依相偎旁若无人地接吻的，还少了吗？

这个人面容安详，只是用眼角瞥了他俩一下，仿佛害怕窥视外人的隐私一般，连忙把目光错开了。

这使得他俩愈加认定他是个路人了。

及至他敏捷地拐了一个小弯，站定在他俩面前，请他们站起来的时候，陈鸣和加琬才意识到他是来找麻烦的。

站起来。

他先客气地道。

请你们把身份证件拿出来。

他的第二句话也不是用严厉的语气说的。

受他语气的影响，加琬也平静自然地答应了一声："好的。"

出事了！

陈鸣在站起来的同时，立刻意识到了这一

点。他最为恐惧畏怯的事,终于发生了。他站着,感觉却如被人抽去了精神的支柱和脊梁,千万个念头纷涌而来又消散而去。他看见加琬从两用的黑色皮包里掏出他的证件递上去。他知道她没有随身携带证件的习惯。而他呢,因为口音明显地和省城里的人不合,随时都带着证件。天气热,短袖衬衣兜里揣一本沉甸甸的证件,他嫌碍事,上公共汽车前他就把证件交给她放皮包里了。

她拿出他那本豆灰色的注明他是农科所研究员的证件交给了那人。

那人瞅一眼,翻一下,似乎是在对照片。陈鸣觉得他投射过来的目光犀利得怕人。

走吧。

那人几乎是若无其事地说。

陈鸣没动。他见加琬也和自己一样。那人火了,举起手里一只对讲机,却朝着他俩吼:

"怎么,要我把公园保卫处的人都喊来吗?"

陈鸣觉得眼角那儿什么东西晃了一下,他稍侧转脸,看到在他和加琬刚才坐处七八米远的土坡后面,慢吞吞站起一个人来,得意地几乎又是会心地朝他笑了一下。陈鸣知道他和加琬早被监视上了。

　　加琬在用商量和申辩的语气对那人说:"要我们到哪儿去? 我们没做什么呀。"

　　陈鸣转回脸,又看到个持竹扫把的中年妇女,倚着扫把盯着他们。

　　那人对加琬厉声道:"不要狡辩了。老实告诉你们,你们的所作所为,我们全看见了;你们从一上坡坐下来到现在,所说的那些话,我们全听见了。老实点,跟我们走。"

　　"你们录了音?"加琬追问着,语气里有些颓丧。在他俩说那些亲密无间的悄悄话时,他们说了多少外人听不得的缠绵的情话啊。

　　陈鸣更紧张。但他又有些疑惑,他明明看见那人手里持的是对讲机,怎么又变成窃听器了呢?

黄金全对付这类偷情男女的手段,已经达到了炉火纯青的地步。别说是这两个诚惶诚恐的家伙了,就是再狡猾凶悍、奸诈无比的人物,撞在他手里,都会被他收拾得服服帖帖。

他惯常是在夜间收拾胆大妄为正在动作的男女,但也不时地在白天出击,且回回都是十拿九稳,没出过多大点儿差错。

没多费口舌这对男女就沿着坡路往下走时,他朝土坡后头的陆小毛挤挤眼,跟在这对男女身后走去。

刚走出十几步,他冷不防问:"你老婆呢?"

这话当然是对着走在中间的男人讲的。但这男人没有回头,没有惊恐地转身,也没有回话,甚至连耸动一下肩膀的反应都没有。他很沉着,黄金全碰到这类故作镇静的男人就恼怒。你他妈的把柄已给老子抓在手里,你还自以为

是。他真想吼第二声,男人回话了,语气平平静静的:

"她在省外。"

"究竟在哪里?"黄金全紧逼一句。

男人报出了一个沿海的省份。黄金全知道那是一个富庶得流油的地方。他修铁路时认识几位那个省籍的工人,听他们吹起来,黄金全曾羡慕至极。他又拿起女人交出的证件瞅一眼,没错,证件是本省农科所,黄金全知道这个单位,比隐峰山公园离省城还要远。这男人的名字倒好记,陈鸣,年龄一栏填着三十九,看去这男人至多三十五六。他倒显得年轻,细皮嫩肉的,是个知识分子无疑。黄金全不晓得研究员算个什么,反正高不到哪儿去,炊事员、理发员,干低档次工作的才称员呢。不过这证件封皮上明明注的是高级专业技术职务。管他呢,是高级,他也仅是高级中最低的,黄金全只要知道,他是同老婆分居的就行了。

"你呢?"他昂一昂头,声气响了一点,"你丈夫是干什么的。"

　　女人回答得很利索:"我没丈夫。"

　　"你别给我隐瞒,一会儿我只消一个电话,就查清楚了。"黄金全觉得受了欺骗,他最受不了的就是被骗,"老实点,说!"

　　"我离婚了。"女人的语气带着点申辩的意味。

　　黄金全从她语调中判断,知道她说的是实话。一个和老婆分居,一个是离婚的,两个人搞在一起,似乎比起黄金全以往抓到的那些男女情有可原些。黄金全的目的已经达到了。短短几句对话,至少证明他这回仍旧抓准了。不像有一次,他仅从年龄上判断,结果把一对正在谈恋爱的大龄青年抓来了。非但没得到甜头,还惹得他几天不痛快。

　　加琬不大在乎。抓就抓,事情闹大了,无非

7

是她爱上了一个男人。她有权利爱。法律从没规定说离了婚的女人不能再爱男人。

她是替陈鸣担心,他在这个省里是位名人,上至省长、省委书记,下至科技界、新闻界,都知道他的大名。抓他俩的这个家伙肯定是个不读书、不看报的粗野之人,连在省报上登过头版头条的青年科学家都不知道。问题在陈鸣,他是有妻室儿女的。爱上一个有妇之夫,人家很自然就会斥她为"第三者"。这是加琬厌恶至极的称呼。为此她也不能同这家伙闹。唉,早知道这结局,他们悔不该双双到隐峰山公园里来。

照昨天约定的,清晨她先给陈鸣挂的电话。大雨整整下了一夜,她拨电话时雨点还在拍打窗户。她有些犹豫,还要不要像说好的,去游隐峰山。如果不去,会很遗憾,她已经把一整天时间腾出来了,她不想浪费用金钱换来的时间。陈鸣接电话时说,他的时间也腾出来了,不授课,不进实验室,不开会。如果不去游隐峰山,他们还是可以相聚,他听她的。

加琬明白他的意思,那就是他们可以双双到她弟弟的家里去。

弟弟、弟媳都在澳大利亚。他们的女儿由加琬父母代领。加琬闹离婚时,正没房住,弟弟把钥匙给了她。

她和陈鸣时常在弟弟两室一厅的房子里度过幸福无比的时光。只因为她和陈鸣的相会几乎总是在室内,不是在农科所安排给陈鸣住的招待所后楼的小屋里,就是在弟弟屋里。他们提出要挑选一个阳光明媚的日子,到大自然中去,到不认识他俩的人流中去,到公园里去度过一天。他们早早地定好了今天的日子。没料到今天会遇一场大雨。迟疑了片刻,加琬说,电话上讲不清,干脆到车站再说吧,见了面再说。

加琬到公共汽车站时,陈鸣已先到了。这

怪不得她，去与陈鸣相会，她总要稍稍地梳理打扮一下，化一下淡妆。尽管陈鸣总说，她不化妆也很漂亮。她仍坚持要抹一点胭脂，描一下眉。这会使她更动人，她懂。

见了面他俩还是确不定去哪儿。后来陈鸣说，我们就站在这里等，来哪一辆车，我们就上哪儿。

加琬觉得这主意有趣浪漫，欣然答应。

市郊的公共汽车站，几路车都在一个站头上。到城里弟弟家和到隐峰山公园，是两辆车。这点子妙极了。加琬爱陈鸣，除了陈鸣的聪明才智，除了陈鸣的名誉地位，陈鸣的风趣也使她入迷。

山路弯弯。

离开他们坐了良久良久的那地方已有一二百米了，他们还在下坡，还没走到修砌石阶的路上。

隐峰山上,林木繁茂葱郁,却又因为游人如织,千千万万的爬山者在山坡上踏出了无数条可上可下的小路。陈鸣和加琬上午往山上走时,只是随便挑个既可以眺望远方,又能避开游人的去处,记不清是怎么走上来了。

陈鸣颓丧得几乎绝望,他晓得下山去意味着什么。他会和加琬一齐被关进公园保卫处的屋子,他甚至想象得出那屋子的潮湿、肮脏,发散出的霉臭气息。不,他们多半会把他和加琬分开关起来。然后打电话通知农科所,农科所考虑他的身份地位,一定会派辆车来把他接回去,当然不会派轿车,只会派那辆座位塌陷的吉普了。消息将会像炸弹一样在农科所传开,在省城科界传开,传回他沿海省城里的家和原单位。妻子、儿女将对他冷眼相视,原单位那些本来就妒忌他的人会幸灾乐祸。他所获得的一切,名誉、地位、称号、频频出国的机会,都将失去。他觉得自己不是在朝坡下走,而是在走向自己的末路。

"好，就在这里站下吧。"公园保卫处的人突然说。

陈鸣站停下来，他瞥一眼加琬，她正忧心忡忡地瞅着他，像她往常担忧失去他时一样。陈鸣很清楚公园保卫处这么干是违法的，他们没有权利如此干涉游人、呵斥游人、扣押游人。如果是省农科所一位同事碰上这种事，他会挺身而出为其辩护，且利用自己的身份影响谴责公园保卫处这种非人道的行为。但他目前却不能这么做，他不想把事情闹大。他还怀着一丝脱身的希望。

陈鸣张眼四顾，这里离修砌齐整的山道只有三四十米了。山道上有游人上下，看得清清楚楚。但离公园管理处或是保卫处，似乎还远得很，看不到那些漆成绿色的房子，只在山坡脚，有一个小卖部的亭子。

"说实话吧，你们发生过关系吗?"那人冷不防问。

　　陈鸣注意到加琬脸上掠过一道紧张的神色。他根本来不及思索，几乎是机械地否认："没有。"

　　"哼！别隐瞒了。那你们刚才在山上干啥？"

　　"我们就坐着啊！"加琬插话道。

　　"不用你插嘴，我在问他。"那人脸上露出一股凶相，随而对陈鸣挥着手道，"别以为他妈的你是什么知识分子，还是高级，他妈的社会风气都让你们这帮人搞坏了。你再不老实，我照样揍你。告诉你，像你这种货色我见得多了。滨北市一个什么局长，五十多岁了在山上树林里搞人家二十几岁的姑娘，被我当场抓获。他光着屁股跪在地上求我，我才饶了他。说老实话，你们搞过关系吗？我说的不是刚才在山上，而是这以前，在屋里乱搞当然算。"

　　陈鸣认定他是在虚张声势地咋呼，他摇摇

头,淡淡地说:"没有。"

"没有。妈的查清楚了我非揍你。"

黄金全不是咋呼,不是虚张声势。刚才他说的全是真的,那位局长原籍是个北方人,操一口流利的普通话,人看上去也不像五十好几的人,要不他怎能把二十多岁姑娘勾上手。那姑娘是他下属单位的职工,局里出钱送她来省城财经学院进修。局长来省城开会,约姑娘出来游隐峰山公园,钻进林子就干"好事"。这样的家伙黄金全不抓还抓谁去!

今天他本来也想等到这对男女干"好事"时下手,哪晓得左等右等,这对狗男女就是不上劲儿,气得黄金全没耐性了。回去吃完饭,听陆小毛在对讲机里小声报告,他俩亲过嘴,男人的手在女人胸口停留过,女人偎依在男人怀里时那副神态挺陶醉。但也仅此而已。又过了半小时,他俩又像前几个小时一样,光是坐着细聊没动作了。黄金全认定他们在野外不会有动作了,干脆来个快刀斩乱麻,先下手再说。

"好吧。"黄金全把手指向一棵挺拔的光皮桦树,冷冷地对陈鸣道:"你到那里去。听到没有! 快点到那里去。我先问她,问完她再来问你,还不快走!"

黄金全决定改变策略。一般地来说,女人总比较脆弱,容易招供说实话。

陈鸣不想让加琬和这个人待在一起,他已经留神了,这人的目光扫到加琬脸上去时,总有些异样。他长得如此粗壮结实,说话带着污言秽语,陈鸣信不过他。

"你过去等着吧,没关系。"加琬看穿了他的心思,劝慰道。

陈鸣不情愿地往高耸的桦树那边走过去。

"说吧",他听见那人用纯属审讯的语气对加琬道,"你们是什么关系? 怎么认识的? 多久了?"

五十年代之前,农科院这地方没正式的地名。因这里离开省城恰巧七公里,人们就把这一片周围的厂矿、大专院校及科研机构形成的区域,统称为"七公里"。

　　为方便本院职工星期天进城买东西,农科院和附近很多单位一样,清晨七点四十分往城里发一趟车。初来省城的陈鸣为办出入证需要拍报名照,顺便也想熟悉一下省城市区,跟着进城的职工和家属们上了车。交通车上已没有座位,陈鸣倚在车窗边,往院坝里望。

　　车门口还聚着不少人,这车不会很空。陈鸣倚着车窗漠然地瞅着车下自动排着队的乘客。他一眼看到了她,修长的身材,扎一把马尾辫,乌黑发亮的秀发垂到后肩上。她穿一件雪青色的薄呢裙子,胸前光闪闪地缀着一只钻饰。不,他第一眼看到的不是这一切,他第一眼留神的是她的眼神。她那对水灵灵的熠熠放光的大眼睛,有着常人少有的神采和美。随而他才发现她的脸庞漂亮端正,挺直的鼻梁,光洁如瓷玉般的前额,两片薄薄的嘴唇抿成生动的模样,还有可爱的下巴。他形容不出她的下巴和旁人有什么不同,但他瞅着那既呈削尖状而又恰到好处地形成的浑圆,就是觉得可爱。可爱得令他怦然心动。

从礼貌上说,陈鸣不该紧盯着她望。但他就是情不由己,刚错开目光赶紧又把眼神转到她脸上去。

他注意到了她也在朝车上望,并且她那灼灼的目光和他的相碰了。许多漂亮女性会立即沉下脸移开眼去,表示自己的孤傲和神圣不可侵犯。而她的目光却是善意的、和好的。

陈鸣顿时产生一个愿望,希望她上车后能站在他的身旁。但他马上又在心里讥诮自己,这几乎是不可能的。

舒加琬没多加思索,便如实回答:"怎么认识的? 我搭他们单位的车进城,就认识了。"

事实当然不像这么简单,而要微妙复杂得多。加琬在上车之前,就发现他在瞅自己了。当她凝神回望他时,她首先发现这张脸是陌生的,至少他不是农科所职工。加琬承包的七公里工艺美术厂离农科所很近,她时常搭农科所的客车进城,从来没见过这张脸。这人很可能也同她一样,是个搭车的。同时她又觉得他挺秀气,而眼神却灼灼地摄人魂魄,仿佛在和她打招呼。

　　"他是农科所里的什么人?"公园保卫处的男子用令加琬厌恶的目光瞅着她,坦然地坐在一块山石上,并且指挥着她,"你站到那儿去。"

　　加琬往他手指的低洼处站过去,立刻明白过来,这家伙是个审讯人的老手。她这么一站,即便他是坐着,也居高临下逼视着她。她干脆垂下眼睑说:

　　"他不是农科所正式职工……"

　　"不是正式的?"他惊叫一声。

"他是我们省里聘来的专家。"

"专家？什么专家？妈的勾搭女人的专家。"那人用嘲弄的语气道。

加琬不吭气，和这种粗野之人说不清。那天她上了客车，车厢里的人差不多站满了。她只好站在靠近车门处，和他离得很近。她掏出钱来买票，并用眼角瞅瞅他，意思是你若也搭车，该买票。他却像不懂规矩般，并不掏钱。恰好农科所管后勤的副所长上车了，他先看到加琬，称呼她舒厂长，一转脸看见了他，副所长顿时笑容满面，热情地招呼着他，并且给她介绍，这是由省里出面为农科所请来的高级畜牧专家。而且报出了他那好记的名字。

加琬自然顿时对他多瞅了几眼，并且笑盈盈地对他点头。他们就是这么相识的。加琬当时就对他有好感，并且记住了他的名字。

那时她还没离婚。但她竟然有点隐隐的遗憾。而且在那天夜里，她还把他想了一阵。冥冥中她朝着黑暗叹息，唉叹以后再没机会见到他了。她怎可能指名道姓去找他呢？他是畜牧方面的专家，和她做灯草镜柜、蜡染布包一点都沾不上边。

　　黄金全一见这种事儿，情绪自会高涨。昨天是六·一节，隐峰山公园和所有公园一样，免费对儿童开放。白天他就没多少事，他没情绪去管孩子们偷抓池塘里的鱼，更没情绪去管娃娃们随地乱扔果皮纸屑、摘花攀墙，或给动物投食。人家孩子过节，就让他们欢欢喜喜过个节日吧，谁没个宝贝娃崽呢？他不也有个宠得什么似的女儿吗？临近黄昏下起雨来，雨势还挺大，这样的夜晚就是公园到十点钟关门，也没多少男女冒雨来做"好事"的。这雨一下还真长，下了一整夜不说，天亮后都没停的趋势，一直下到中午时分。黄金全是睡到十点多钟起床的，睡那么长时间仍旧瞌睡迷糊、懒神无气的。起床后他连连打哈欠，算算还有一两个小时就吃午饭，他不想吃早点了。趁午饭前就在隐峰山上下逛起来。他没指望发现目标，是小卖部最先提供信息，说有一对三四十岁的男女，买了两瓶汽水，揭了瓶盖，却不喝，非拿到外面去喝不可。去了一阵子，还没来退瓶。他没当回事，不来退汽水瓶，算个什么事呢。他照旧信步走来，走出半里地，扫地的大婶又给他提供个线索，说她在上山的小路边捡到两只汽水瓶子，里面插着麦管。起先她看见一男一女坐在椅子上喝汽水的，喝完了不去退瓶子。奇怪！

　　黄金全觉得有门了，娘的，汽水瓶子都顾不上退了，肯定钻进林子迫不及待干"好事"去了。

　　他立即循小路去寻找。不费吹灰之力就发现了目标。只是这对男女挺规矩地坐着，隐隐约约传过来对话，坐在那里欣赏风景，没啥越轨动作。

　　他窥视窃听了一阵，只得招来合同工陆小

毛,要他负责监听监视。黄金全有把握,时间长了,这一对躲到山上林子边的男女,总会有动作的。

果然不出意料,事态正和他预料的一样,这对瞒着人幽会的男女轻轻易易地被他逮来了。

实事求是地说,仅从外貌上看,这两个人给他的感觉是太般配了,年龄相仿不说,脸貌英俊漂亮,服饰整洁合身。一眼看去,两人都有股气质。黄金全出口粗鲁,扬言要揍那男的,就是想要在气势上先镇住他们。现在他知道了那男人果然有来头,就更来劲了。反正他一整天都没多少事儿,审审这端庄美貌的女子,也能尽兴地消磨消磨时间。说实在话,这六七年里,被他逮住的一对对男女还少吗?但像眼前这个女子那么端丽的,还不曾有过。有的尽是有他妈的一眼看上去就极不相配的。年长几岁的女人和小白脸小伙子啊,可以父女相称的老夫少妇啊,中年男子和女中学生啊,刚涉及爱河的高中学生

啊。要么是男人丑陋,女子漂亮。要么是男子英俊,女子让人没法看。要么都是相貌平平。黄金全一来情绪,说话的音调也会变:

"好吧,就算他是专家。你们在交通车上一认识,就勾搭上了?后来是你先去找他,还是他主动来找你?"

加琬哪有勇气主动去找他。他忙不说,即使有空闲,她也不敢到农科所去打听他呀。她和丈夫吴绍忠不和,不但工艺美术厂全知道,半个农科所职工也都风闻了。尤其是她承包工艺美术厂之后,使得工厂起死回生,省城的晚报和电台报道了他们厂的消息,吴绍忠捕风捉影地说她在外头有"第三者"!她哪还敢和男人单独相处?她倒是很愿意和陈鸣有再接触的机会,但这只是心底深处的下意识,绝对不会有可能的。农科所为改善职工业余生活,在节假日或是某个周末举行舞会,时常通知女工多的工艺美术厂参加。加琬很少去。她思来想去，觉得若说有可能，也只有在农科所再次举行舞会时，她不放过机会，那么还能和陈鸣见面。

要细究起来，他们的重逢，还真只有用缘份两个字来解释。否则怎会那么巧呢？他去河滨餐厅喝早茶，恰巧她在那里提供服务。事后想起来。冥冥中真像有人在牵线一般。她一眼认出坐在临河餐桌边的是陈鸣，惊喜地几乎想直截了当地问他。

你住那么远，咋个会清晨赶进城来喝早茶？

他也同样。

她完全看出来了。他肯定惊愕之余想问，你堂堂工艺美术厂舒厂长，怎会在河滨餐厅当服务员？

她故意不点破。只是请问他想吃什么点心，顺手把一壶茶和一只杯子送到他面前。

不料他更让她惊异。他没报自己想吃啥点心，只是揭开壶盖，瞅了几眼，遂而一盖杯子，从衣兜里掏出一小包茶叶,说:"碰到相识的,好办了。麻烦你把这壶茶拿回去。用我的茶叶,另外泡一壶。好么? 钱我照付。"

"你……嫌餐厅的茶叶差?"她收起笔和小拍纸本,疑惑地问。

"哦不,不是这意思。"他淡淡一笑说,"你们的茶叶,也不错。只是我喜欢喝自己的茶,当然也更好一点。"

加琬拆开他那一小包茶叶时,认出那是上好的碧螺春,毛茸茸的,嫩芽尖上一片白。她放入茶叶,冲下开水,那些嫩芽尖尖顿时在壶内翻滚起来,不知为啥,她有些担心滚开的水要把茶叶泡烂了。

不知出于一种什么心理,她移过一只小茶盅,倒了半杯茶,才给陈鸣把茶壶端过去。

陈鸣道谢过后,品一口茶,眉头微蹙,她俯身专注地凝视着他,关切地问:"有什么不对吗?"

"没什么没什么，"他连忙摆手，"怪我，少关照了一句。这种茶叶，要先冲开水，后放茶叶。你照一般方法泡，泡出一点涩味来了。不过没关系，没关系。"

加琬在他对面坐下来，抱歉地道，"哦……这……我还是第一次听说，对不起了！你尝些什么点心，我请客。"

"你替我点吧，钱我照付。"他呷一口茶说。不知他听出她话音里有弥补把茶泡涩的缺陷之意没有。

她替他点了水晶虾饺、叉烧包、肉米卷粉、汽锅鸡四道点心，并陪他喝了一杯茶。她不觉得他的茶有什么特殊的好，他却尝得津津有味，连声夸卷粉和汽锅鸡滋味鲜美爽口。事后他非要付钱，她执意不收。

他们仿佛只是在餐厅邂逅的朋友，很客气，还有点拘谨。但他们增进了了解，沟通了相互的情况。她知道了他唯一的嗜好就是品茗。她还晓得了他来省城后工作得顺心顺意。她也告诉他,这个餐厅是市工人文化宫开的,多少年来一直亏本,自从她使得七公里的工艺美术厂扭亏为盈有了点起色之后,市宫硬请她来承包经营,她推托不了,只得抽出星期天的时间履行经理之职。这早茶门市,便是她承包经营之后新开设的特色服务。

加琬很高兴这次相识之后的重逢,她还有点莫名的兴奋。她看得出,陈鸣也很愉快,他喜形于色,一点也没因茶泡得涩而扫兴。

自从在交通车上和她相识,陈鸣闲暇下来始终在想她。她的形象她的脸庞她朴素大方的发式一直浮现在他的眼前。尤其是一天工作之后的夜晚,不时地想到她。他知道她是离农科所仅半里地的工艺美术厂的厂长,他内心非常想知道她的名字,了解她的情况,他甚至有过几次冲动想去找她。他暗自忖度,难道仅仅见此一面,只因为她的美貌,他就爱上她了? 这岂不荒唐！仅从她的相貌猜测，她无非是三十一二岁。不知她是否成家？抑或她是大龄姑娘。如今这年月、三十一二岁未嫁的姑娘比比皆是。他只是在心灵深处猜测、忖度，他一点不敢向农科所的人打听，生怕别人看穿了他的心思。只是在人们闲聊谈及工艺美术厂的情况时，他听得格外专注入神罢了。

离得近，自然有人会不知不觉聊及那家小小的最初由知青创办，后来每况愈下，工资都发不出，由舒厂长承包之后，起死回生，扭亏为盈的工艺美术厂的情况。陈鸣从人们断断续续地介绍闲谈之中，晓得了那是个集体性质的小厂，全厂职工不过八十多人。除了原先的支部书记，厂里从管理人员到普通工人，全都是合同工，舒厂长也不例外。农科所里一位深谙我们国家体制的后勤人员扳着指头不屑地道：省城是省辖市，属于厅局级。市郊的区，仅是县团级，即处级，和农科所一个级别。区政府下设的工业局,是正科级。一般郊区所属工厂,稍大些的,三四百人以上,和区属工业局一个级别。像工艺美术厂这类小厂子,连个股级都算不上。她那个厂长算什么?别说还是个合同工呢,比起来,连农科所食堂的炊事员都不如。

是啊,农科所食堂的炊事员,还是国家正式职工呢。

可不知为什么,就是这么一个女性厂长,吸引着陈鸣。在人们喊喊喳喳的议论声中,陈鸣多少增进了对工艺美术厂的了解。他还听说了,这厂子目前确实情况不错,职工月平均工资加奖金,可以拿到一百五十元以上。厂里的产品,已远销省外。沿海城市的工艺美术商店,还有跑来订货的。厂里为充分展示自己的产品,特辟了一个展厅兼作自销商店,里头东西挺多的,设计都还不俗,黄昏饭后,散步走过去,可以看看。若要买东西,申明是农科所的,还能优惠。

既然如此，陈鸣当然要去看看。不过，他不是为那些产品而去，他是怀着侥幸会遇上舒厂长的心理而去。不巧得很，他去过两回，一回都没遇见她。倒是对展厅里的镜框、蜡染制品，颇具少数民族特色的花裙、壁挂、信插、挎包欣赏了个够。

　　河滨餐厅的相逢对他来说几乎是个奇遇。那个星期天，他整日沉浸在一种说不清道不明的亢奋之中。他清晰地记得，当他离座起身时，小舒把他拿出来的早茶款子，一张五十元钞票，灵巧轻捷地放进他的衣兜里，动作带着几分亲昵。他不好再把钱往外掏了。

　　仅仅隔了两天，晚餐后的黄昏时分，陈鸣又往工艺美术厂那条路上走去。他当然不是为那些展品所吸引，也不知此去干啥，他想不出有什么话可讲。可他就是想去，要去。在走出农科所大门口时，他看到有张海报，写着本周末礼堂举行舞会，欢迎职工及家属们参加，欢迎附近厂矿单位的职工参加。他算是找到了一个话题，约小舒来跳舞。想出这念头时他忍不住苦笑了一下，他的舞技刚刚只停留在踩点的水平上，凭什么去请人家？但他顾不得了，有句话讲总比找不着话来说好。

照例他先逛展厅兼商店，磨蹭了不少时间没碰见小舒，他只得闷闷不乐地走出展厅。暮色渐浓，天已擦黑，他不能在人家厂门口多徘徊，要不会惹起不必要的麻烦。路经工艺美术厂门口时，他把步子放得特别慢，对遇见小舒已不抱希望，哪知恰在这时，他看到她推着自行车走出厂门口。他不由得站停下来。

"你好!"她也看到了他，先打招呼。"到我们厂来找谁呀?"

"找你。"他回答得一本正经。

她笑了:"我还以为碰不到你了呢，没想到……"

她的嗓音脆朗朗的，明显地为相遇而高兴。

她推着自行车走近他身旁，他们一齐信步走去。她问：

"有事儿吗？"

他说了，农科所有舞会，他想约她去。她认真地抿着嘴想了想，说了声要得。他接着打听她的名字，她告诉了他。他又陡然想起她是厂长，她办公室定有电话。她也告诉了他电话的号码。前面是一条岔道，一条通农科所，一条通向工艺美术厂宿舍。他们不得不分手了，他有点着急地说，谢谢她招待他的早茶。她开玩笑说茶是你自己带的。他说欢迎她去他那里玩，他住农科所招待所后面小楼里。他到了星期六，给她打电话，她来参加舞会，他就一定去。

在岔路口他们站停了一两分钟。他脉脉含情地瞅着她，她有些羞涩，却又含羞带娇地回眸望着他，并不掩饰对他的好感。

陈鸣感觉到了。那天她刚下班，没化妆打扮，似乎比前两次见到时老成些，稍显憔悴。但他觉得她更美,更有魅力。他意识到自己堕入了情网,尽管他对她简直还一无所知,连她婚否他都不晓得。而他不仅有妻,而且有一双儿女,他还只是农科所的借聘人员。但他仿佛把这一切全忘了,由着情感去泛滥。

这便是任凭情感泛滥招致的后果。

站在光皮桦树旁,远远地瞅着公园的那家伙居高临下地审讯加琬,陈鸣默然地喃喃自语。

黄金全听这个名叫舒加琬的女人细细地叙述他们婚外恋的过程,竟然听出神来,这是少有的事。女人的语气一点不像是在作交代,反而像是在回忆,带着感情回忆,令他甚为惊愕。这女人确切地爱那个站在光皮桦树旁的男人,这是无疑的。瞧她说话时那腔调、那眼神,完全进入了角色。哪里还把他黄金全放在眼里啊。不用他一句一句追问下去,她自如地照着事态的原始过程讲来。黄金全相信她讲的全是实情。

临时编，就是他和一帮朋友喝着酒吹着玩，都编不了如此丝丝入扣的故事。黄金全瞅着女人端丽的脸，又一次感慨，隐峰山公园真是一本书。而抓偷情男女的情节，绝对是这本书里最精彩的一章。并且，每一章的内容都让人眼花缭乱，甚而至于怦然心动。怪不得当年同他一道下乡的插兄们羡慕他这份工作。聚在一块儿时，两口酒一下肚，不逼他"侃"几个带荤的故事，是不会放他过门的。他呢，自然是巴不得他们起哄，随口也能道出几个让人欢呼雀跃的故事。他认定今天这个故事非但引人而且奇妙，是大有挖头的。反正他已吃饱睡足，离下班时间也还早，得好好地逗一逗这对男女。

"慢着慢着，我知道有一回必有二回，有二回就有三回，你先慢讲去舞会的事。"黄金全打断了女人的叙述，"你先回答我一个问题。"

女人住了嘴，望着他。

"你不是说你离婚了吗？"

"是的。"

"你为啥离的婚？"

"这也同今天的事有关吗？"

实在是无关。但黄金全想晓得，那就有关。他不容置疑地一瞪眼："我要你回答，你就得答。"

"答就答。"女人并不拒绝，反而坦率地道，"其实这问题，陈鸣也问过我。"

"他问过你，那更好，你是怎么回答他的，也照实回答我。"黄金全愈加认定自己的审讯水平达到了高超的地步。

"可我当时没回答他。"

"为什么？"

"我是我。那是我的事情，别人无权过问。"

黄金全冷笑一声："但你今天撞在我的手心里，我要你回答，你就得答。"

女人瞪了他一眼，继而垂下眼睑，无可奈何地说："那么，好吧。答以前我得先问你一句：你结婚了吗?"

"这和你有什么关系?"黄金全大为震怒。

"当然有关系。"女人斩钉截铁地道,"你若没结过婚,我的回答你就听不懂,好像对牛弹琴。"

"可以告诉你,"黄金全按捺不住地露出了一缕得意的笑纹,这么说女人是要讲真心的私房话了,她连陈鸣都不答的话,要给我讲了。"我不但结了婚,我妻子还是师大附中高中班的班主任,我们有个可爱的女儿,所以你放心大胆交代吧。"

他特地在"交代"两个字上停顿了一下。

吴绍忠虽说是群众艺术馆 32 开本小刊物的编辑,自称是个文人,但他有三条加琬绝对容忍不了的习惯。

当年身处七公里市郊大集体亏本厂的加琬,工资低廉,劳保福利差,嫁给省城市中心地段的知识分子大编辑吴绍忠,全凭了她的美貌风姿。这是市民们世俗的看法和观念,丝毫没考虑加琬的追求和自尊。加琬经介绍和吴绍忠相识的时候,看中的并非是他平平的相貌,而是出于对知识和知识分子的尊重。她认为这一点吴绍忠是相当明白。谁知吴绍忠本人也觉得能娶到加琬这样年轻貌美的姑娘,是加琬看中了他在省城市中心文化部门工作,是加琬另有所图,最终也想方设法调进城里来。婚后的吴绍忠为保持自己的优势,根本不考虑加琬天天要往七公里来回赶的辛劳,只字不提调她进城之事。相反,在夫妻偶有的口角之时,他还常常郑重其事地提醒她是集体企业没捧上铁饭碗的女职工,且身处远郊,而他肯娶她,完全是屈就。仅这副嘴脸已伤透了加琬的心。他还在加琬最需要安慰和体贴的时候,肆意地摧残她的精神。婚后多年,加琬几次怀孕,不知是由于生理上的原因,还是天天长途跋涉从市中心挤公共汽车往七公里赶的因素,加琬几次都流了产。吴绍忠多年不得儿女,精神上自然也有压力,但他把所有的不满和怨愤全都发泄在加琬身上。加琬每次流产以后,他都恶语相加,讥诮嘲弄,以至斥责她还不如下崽的母猪,不将加琬咒得失声痛哭搬到工艺美术厂宿舍居住,他是不会罢休的。

日常生活中,吴绍忠有一大嗜好。那便是养鸟斗鸟,身份是知识分子,但他的业余时间,从来都不花在看书读报和培养作者上。他得空就去逛花鸟市场,在那里消磨个半天一天全然不算回事。得只好雀儿,天天就提着鸟笼去湖畔、公园里和一帮退休的老人斗鸟玩。斗赢了回家眉开眼笑,自斟自酌,饮得半醉半醒状态,连哼带唱,手舞足蹈。斗输了归屋就砸碗踢锅,横挑鼻子竖挑眼,寻衅闹事儿;要不就喝得酩酊大醉,衣掌鞋袜不脱,歪在床上。

所有这一切加琬全都容忍了。她已经三十

出头,婚姻世态多少看了个明白。人世间十全十美的婚姻本就不多,她所在的工艺美术厂姐妹们中间,说起来就更少了。最令她无法忍受和厌恶的,是吴绍忠根本没把她当回事儿放在眼里,特别是在男女之间的那桩事上,他从来都是由着自己的性子,说来就来,仿佛加琬是他喂养的一只鸟,喜欢了圈在笼里逗着吟唱嬉乐,不喜欢了随便一扔。加琬结婚这么些年,始终在忍受着他的粗暴、蛮横。

正是这改变无望的最后一点促使加琬决意要离婚。她不客气地向吴绍忠提了出来。吴绍忠哪里肯依,暴跳如雷地又吼又吵,说她当了厂长翅膀硬了,说她被新闻机器吹捧得飘飘然变心了,说她周围肯定聚了一大堆不怀好意的追求者。加琬没多理他,带着一些替换衣物,住进了七公里工艺美术厂的职工宿舍。即使进城,也不回去,而是到弟弟家去住。她以为这一场离婚的马拉松会像社会上那些人一样拖得旷日持久,谁知当她再次以更坚决的态度给吴绍忠挂电话时,吴绍忠出乎意料的爽快,三言两语就答应了。事后加琬才听说,群众艺术馆办交谊舞学习班,吴绍忠在学舞的姑娘们中,瞄上了一位大龄姑娘……

"停下停下!"

加琬见审讯她的粗野男人又喝斥起来,便斜了他一眼。她有些茫然,认定这家伙在故意作弄人,一会儿让说,一会儿叫停。

男人的脸色若有所思:"你……"他拿手上的圆珠笔指了一下加琬,"你能不能把……把要和你丈夫离婚的最后一点……再说说。"

他咽着唾沫,说得有点儿费劲。

加琬蔑视地盯了他一眼,她以为他是在逼自己说男女之间的那些隐私。她也不知道他是什么时候把对讲机塞进裤兜,又摸出了白纸和圆珠笔的。在回忆往事的时候,她太专注入神了。她用不悦的语气道："我想我已经讲明白了。难道你没听懂吗？还要我细说什么……"

加琬说到最后一句时，瞥了这家伙一眼。这家伙的两眼惊惶失措地瞪着她，见她的目光扫过去，他连忙把眼神错开了。加琬明白了，他不但听懂了她的话，甚至她的话还刺中了他的心思。加琬的思维顿时明朗起来，这家伙专干在公园揪人的缺德事儿，待人接物如此放肆粗野，对待他那当班主任的妻子，他会换一副人相变得体贴温柔嘘寒问暖吗？那才是活见鬼呢。

黄金全从来还不曾遭过这么厉害的闷棍。仿佛他正踌躇满志地追赶小偷，横空陡地弹过来一棍子，待他感觉疼痛站住脚，却又不晓得这一棍是从哪里打来的。在抓偷情男女时，在审讯他们时，从来都是他占主动，从来都是他主宰整个局面，操纵着事态的发展。

可今天是怎么啦？这个女人的话使得他心

猿意马。他联想到了妻子,当他有那种要求时,崔丽时常也露出令他起恼意的勉强脸色,甚至显出副任他摆布的情态。他从未问过她愿不愿意,快不快活。他同样是事儿一完就转过身去呼呼大睡,未曾顾及过崔丽想些什么?设若崔丽对他也会有怨愤,设若崔丽的郁闷同样无处发泄,她会不会在外头也同这女人一样遇上个知音?

黄金全脑壳里头浮现出这串念头,浑身都发了毛。

不是没有迹象的呀。

那天他兴致极好,崔丽多炒了菜,他一连喝了两盅,趁女儿到隔壁邻居家去了,他又谈起了自己颇感自豪的工作,细细叙述前晚的战绩:陆小毛怎样发现目标,他们如何盯梢设伏。当发现在幽暗的树丛后,两个模糊的影子在起伏中微微颤动,几条雪亮刺眼的手电光同时射向那一对男女时,这两个家伙是怎么在他们的笑声

中尖叫和捂脸的,两人在电筒光下穿裤子、裙子时是怎么一副丑态……说完了见崔丽没反应,黄金全又发着感叹:

"嗨,这工作,让人越做越觉得……人啊,实在太丑太丑。什么样的事情都做得出来,什么人物都有。"

崔丽没表示赞同,她朝黄金全瞅了一阵,手里的竹筷竖起在桌面上点了几下,大概是下了决心,给他讲了一件事。她说他们学校一位青年教师,经介绍相恋和一位小学教师结了婚。婚后不到三年,两人没吵没闹又离了。细究原因,是青年教师失去男性基本功能,每当欲行男女之欢时,他就大汗淋漓,浑身乏力。小学教师想尽了种种办法,长期求医,西药中药不知用去多少,都无法根治,追问他,他只说,一到那瞬间,就觉得耳畔有嘭嘭嘭的击门声,如雷电击门。熟悉这青年教师品行的人恍然大悟,原来他在二十来岁时,和省花灯团一位有夫之妇私通,被那花灯演员的丈夫纠集一帮人当场抓获,受过刺激。

"活该!"没听崔丽讲完,黄金全把酒盅往桌面上重重一搁,声色俱厉地道。他听出了崔丽的弦外之音,故意这样干脆利落地表态。

现在回想起崔丽当时失望的眼神和不悦的脸色,黄金全心头不由一阵慌乱。别自以为他们的夫妻关系相安无事,别自以为他们的三口之家和睦幸福。至少在崔丽那头,对他是有不满的,对他的工作是有看法的。

这一醒悟,对黄金全的精神世界来说,无疑如同哥伦布发现新大陆。

公园那家伙审讯加琬的时间愈久,站在光皮桦树旁遥遥观望的陈鸣心头愈是七上八下。他在问些什么?加琬都是怎么说的?如果她都讲了实话,那么他们之间的关系就将大白于天下。如公园电话通知农科所来接人,他将以何面目去待人?最轻的处理,起码也是把他解聘回省。哦,他爱加琬,在感情上他几乎离不开她。多少天来他始终在想,要在这座内地的省城里和加琬多待一些日子。没料到会是这么个结局,第一期的借聘时间还没到,他就得灰溜溜地回去。从此和加琬天涯海角,见一次面都不易。能够得以宽慰的是,他在这个省里的工作已经告一段落,农科所里随他工作的研究人员,已掌握对付役、奶、食三种牛膀胱病的办法。为此省科委给他开了庆功会,省政府给他颁发了奖状和特殊贡献奖的奖金,省报上曾对他的贡献事迹发了头版头条。省电台、电视台都播发了新闻。可以说他在这个偏远的内地省城获得了殊荣。可此时此刻,那些辉煌的成就与他眼前扮演的被揪获的角色,实在是天大的讽刺和笑话。可在他的身上,这一切又全是真的,瞒不过去,掩饰不过去。只因为他爱上了加琬,只因为他们之间产生了镂骨铭心的爱情,只因为一切都发生得那么突然、神速和如火如炽。不是吗？他约她去跳舞，他满以为这会是良好开端的延续，满以为会度过一个愉快而轻松的周末。开初似乎确实是这样的。他们在舞场上相逢，他邀了她，她马上随他跳了起来，还在他耳畔说：

"我在外面、里面都找你呢！"

他很高兴，说明她是为他而来的。他轻轻地却又是庄重地搂着她，舞曲挺轻快，节奏很分明。他这么近地瞅着她的眉眼，脖子和那块仿钻石的闪闪放光的胸饰。她夸他跳得挺好。他连声说不行不行，他只会三步四步。她说以后有机会，她可以教他。

是七公里这地方的业余文化生活太枯燥了，农科所礼堂办舞会，来的人特别多，几乎所有的单位住宿舍的人都来了。礼堂里挤得对对舞伴几乎转来转去都在相撞，有人开玩笑说就好似煮饺子。舞曲挺长，但总有终了的时候。加琬和他连续跳了两个，后来一位高个子青年邀她跳第三个以后,陈鸣就再没邀着她。有时一曲终了,他远远地看到她在那边角上站着,他朝她走过去,没待他走近,她便接受了旁的男士邀请,旋进了舞池中。陈鸣是农科所聘来的客人,常有农科所的女性主动来邀他,使他并不感觉寂寞。但跳至九点,舞场上人声鼎沸,乐声轰响,人影幢幢,你挤我挨,他几次张眼四顾,没见着加琬,便也兴味索然,退出舞场,正欲回自己的屋里去。他见加琬和两位男子在门边喝汽水。她的刘海让汗水粘成了一缕,贴在额颅角,仍很动人。出于礼貌他走过去,说他先回去了。加琬诧异地睁大眼瞅他一眼,点点头,清朗朗说了声再见。

平心而论,陈鸣有些隐隐的不悦。这是他邀她参加舞会时没想到的。继而他又自嘲地调侃自己,真是鬼迷心窍,他算啥呢?一个拖家带口的男子,有妻子有儿女,竟也想入非非地妄图征服一位女子。最可笑的是不但他一个人看见加琬的美，只要长着双眼睛，谁不能一眼发现她那鹤立鸡群般的美貌呢？别异想天开了，尽管他的夫妻生活不美满，可他终究有个家，有一双争气的儿女。他还敢奢望什么？

这以后的几天他强迫自己不去想加琬，专心在实验室里指导人搞试验。夜间就读书，看外文资料，写他的专著。原来他就过惯了这种清心寡欲的生活。

那晚他正在看新闻联播，这是内地省城群山环抱的市郊，播音员的声气很清晰，图像却模模糊糊，将就看。电话铃声响了，是农科所门房打进来的，问陈专家在吗，有客。陈鸣想那准是农科所的青年来请教的。于是说请他进来吧。

搁下电话他关了电视，开出门来迎候好学的青年。招待所走廊里走出来的是位女性，走近一看竟是加琬，陈鸣喜出望外地迎候她进屋。直到此时他才意识到几天来是在自欺欺人。他是那么高兴见着她。他转着身子请她在椅子上坐,问她想喝什么,吃什么,直到倒了一杯咖啡递给她,她喝了一口说这么甜呀,他才在她的对面坐下来。

她给他说明来意,是来道歉的。她说那晚的舞会心里真愿意陪他跳舞,但她不能这么做,那么多人认识她,邀她跳舞,她不能拂了人家的好意。再说他又是农科所请来的,农科所的人都认识他,她也不能做得太过分。他一定有些失望,她今天特意来道歉。

"给你赔不是。"她说得很认真。

他挺受感动。心里更爱她了。但他嘴里矢口否认,极力说那晚上他玩得很好,很愉快,得到了休息,夜里也睡得好。

随后他们的话题便转了,他们互相泛泛地谈了自己的家庭,比较详尽地介绍了自己的工作。加琬说她承包了市宫的餐厅很后悔,照她的计划餐厅是能赚钱的,可惜好景不长,餐厅的效益刚好起来,长了奖金,市宫的领导就给她介绍人,那些宣传过她的报社、电台、电视台记者什么的也给她介绍人进餐厅干活,说得很好听,介绍自己的什么什么人来端盘子,分配干什么都行。她又抹不开面子,只好答应下来。结果这些人进入餐厅,光拿工资奖金,不愿好好干活,要来就来,迟到早退旷工是家常便饭,奖金却一分钱少不得。才多久啊,餐厅眼看又要亏了。幸好她的工艺美术厂效益不错,否则她真担心蚀了本流落街头。她讲得很坦率很诚恳,仿佛他们早就是无话不谈的朋友。陈鸣也给她介绍了自己的研究工作,他尽可能以通俗易懂的口吻告诉她,这个省的西南部八九个县,历朝历代出产一种农村少不了的耕牛,畜牧业十分发达。但是近几十年,这些广受欢迎力大无穷的大牯牛,莫名其妙地染上一种膀胱病,膀胱肿胀,厌食乏力,不治而亡,损失巨大。就连八十年代初改革开放以来,从新西兰引进的役、奶、食三用良种牛,也有染上此不治之症而死去的。

这种病是世界性的,在一些山地国家的畜牧业同行中,都视其为棘手的疑难病症。陈鸣的科研成果就是针对这种病的,他起先发明的是针剂,注射之后能使病牛恢复健壮的体力和食用价值。继而他又研制了喷洒药粉和药水,在牛群放牧的草坡上喷洒之后,可使它们不再染上这类膀胱病。他的成就举世瞩目,论文发表以后迅速被翻译成数种外文,在国外的权威杂志发表。国际上多次学术会议,都邀请他去参加并宣读论文。

说话间他打开抽屉取出几张彩色照片,不无自得地让加琬看他西装革履站在国际讲坛上宣读论文的光辉形象。

加琬连声惊叹,不住地仰起脸来一次又一次瞅他,并且说:"我真该死,真是有眼不识泰山。"

陈鸣花了一些时间给她说清楚了,他被请到省里来,首先得从病牛膀胱中取出切片化验确诊是种什么样的病菌病毒，然后再根据具体情况，配制针对此类病毒病菌的药水。

加琬听得十分专注，但她的神情仍旧表明似懂非懂，这不是主要的。主要的是，这次来访使她认定了，他是个了不起的人。

他们聊得那么兴奋那么愉快，她那清朗悦耳的笑声一阵又一阵在他的屋内响起。直到她无意间一瞅表，惊叫着哎呀九点四十五了我该走了，陈鸣才陡觉这招待所后头的小屋静寂得十分安宁。哦，有她在屋内他早忘了时间的流逝，有她在屋内世界也变得美好起来。可她转个身就要离去，陈鸣突然感到一阵孤独感在袭来，似乎什么珍贵的东西顿时就要离他远去。他在她站起来以前走近了她，趁她正在起身他出其不意地轻轻吻了她一下。他的吻投在她的脸颊下方，她细腻柔软的皮肤使他的唇格外舒适。她没有避让没有推他，她没有惊叫锐呼或是斥责，她说了一句：

"不要这样。"

看不出她是高兴抑或愤怒惊慌。

陈鸣做出这举动后自己也吓着了，呆呆地站在一旁静候她的谴责。他觉得自己失态了。

她只瞅他一眼说："我走了。"

他回过神来赶紧说："我送你。"

她断然地一摆手说："别送了，别送！"

陈鸣从她的神态和语调中，听出她是生气了。他忖度着，一个美好的夜晚全给他自己毁了。

黄金全好容易镇定住自己，把纷乱的思绪拽回来。

"好吧，你接着讲。"他对女人点着头道，语气不知不觉缓和下来，"他约你去跳舞，你去了，你们就此粘乎上了，是么？"

"像你这么说的话，事儿就太简单了。"

"那你们还怎么样？还有什么花样？"黄金

全听出女人的口气有些瞧不起他，火气又上来了，"你离了婚，不就想赶紧找个男人嘛。"

"是想找个男人。可还得有先决条件。"

"什么条件？钱多，有名誉有地位，还得有相貌……"

"不！首先是感情。"

"呸！你配谈什么感情，人家是外省来的，有老婆有儿女，你去从中插一脚，这是肮脏的感情，你懂吗？"黄金全振振有词地教训起她来。

"是的，"女人不恼，出其地冷静，"我爱他。"

"你这么爽快地承认就好。我会把你的话一字不漏转告你们领导。"

"他也爱我。"

"你这么肯定？告诉你，我是男人，我比你更懂得什么是男人。他只是凭借自己的名誉、地位和装模作样的腔调玩弄你。"

"你不懂。"

"我不懂。哈哈，你懂，那好，你回答我，你们亲过几回嘴。"黄金全发现这女人很傲,他得尽快煞煞她的傲气,把她的自以为是之态压下去。这类问题就是专门留来对付女人的。

"呃……"

"想赖吗?"黄金全得意地一咧嘴,仅一句话,就使她张口结舌了,看她还敢硬顶,"要我提醒你吗? 你们俩刚才在山上干了些什么?"

"我们就坐着……"

"别不老实了,我们的人都看见了。要我把证人陆小毛喊来吗?"他伸手去掏兜里的对讲机。

女人有点着慌:"看见了还问什么。"

"要你老实交代。亲过几回嘴,亲过吗?"

"亲了。"

"还做了些什么? 你不是伶牙俐齿的吗? 还要我提醒吗? 他的手,他的手放在你什么地方?"黄金全完全懂得,这些问题是最能彻底摧毁女人意志的。他得制服这女人,"说呀!"

"他摸了我乳房。"

"还有呢?"

"没得了。"

"你们发生过关系吗?"

"没得。"

"我不是问在公园里,其他地方也算。"

转了一大圈,这家伙的问题又问到开头提过的话上来了。加琬除了坚决地摇头表示否认以外,认定了这一问题是关键。同时她心头豁然明朗了,这个家伙从一开始就采用了连诈带蒙的手法,他根本没有窃听录音设备,他手里拿的仅是一只对讲机。因为在她和陈鸣坐在坡上谈着那些缠绵而亲热的情话时,她告诉过陈鸣,她怀孕了,怀上了他的孩子。这家伙要窃听并录了音,就不需要翻来覆去追问这个下流的话题。

也许他就喜欢问女人这类问题吧。

"你爽快地承认了亲过嘴,摸过乳房,这就好。"这家伙果然纠缠在这一话题上,又问开了,"那你回答我,发展下去,是不是要发生关系?"

"不知道。"对于这种和流氓语言没啥两样的发问,加琬完全可以不回答。她的眼里滚动着泪花儿,但她还是否认。

"为什么不知道?"

"因为还没发展……"

"我要你想想,发展下去的可能。你会不知道,你不是结过婚吗!"

加琬透过泪眼瞅了这家伙一下,这家伙的目光就像是在欣赏关在动物园笼子里受束缚的小鸟。她得承认,这家伙说的话有一些道理,尽管这同下流的话没什么差别。她得承认,她斗不过他。她不想把事态闹大。她还怀着一丝希望,希望事态就在公园里了结。为此她只有忍受,只有承认,她哽咽着说:

"是的,若是任其发展下去。有可能,完全

有此可能。"

"哈哈哈!"这家伙得意地大笑起来,"承认了就好嘛。从这一意义上说,你还得感谢我及时挽救了你,把你们的不正当关系揭穿了,你们就不能发展下去了嘛。哈哈,对不对?"

加琬垂下眼睑,她厌恶得真想唾他几口。他把她和陈鸣之间那么美好的爱情,视作什么啦,畜牲! 他懂得什么叫人的感情,什么叫真正的爱情吗。

头一次去陈鸣屋里拜访,他吻了她,慌得她一颗心擂鼓样在跳,除了阻止他以外,她说不出第二句话来,她太慌乱了,直想快点离去。他要送她,她不让他送,结果他还是执意送她出来了。

一路上,他竟没有话说,一点儿不像在屋内说得滔滔不绝。

借着路灯的光,她瞥了他一眼,察觉他一脸

的自责神情。她的心里有些不忍，便找出话来说，她是骑自行车来的，车停在后门上，支在一棵树杆上。他陪她走到幽暗的后门边，她掏出钥匙开锁，凉风习习，树叶遮下浓重的阴影，她提防着他又来吻她。但他没过来，只说她可以从后门直接回去，还近，她说知道，但她今天必须得从大门出去，因为她进来时门房看见了。他便陪她往大门口方向走。

路两边的柳条儿依依垂落到他俩肩头，风轻，空气清新，夜色清朗，有纺织娘在草丛里鸣叫。她觉得度过了一个难得的夜晚，心里已经原谅了他的冲动。他却开口向她道歉，说他是情不自禁地失态，说他太冲动了，只因为她太可爱，他请她务必不要再生气。

她说她没有生气啊。他还不信，直到送至门口，他还是那么一副负疚请罪的模样，惹得她几乎想回吻他一下去安慰他。

陈鸣认定加琬再不会到他这儿来玩了。她会认为他是个轻浮的不检点的男人。他们在互相谈到各自的家庭时,既然都知道双方有配偶,他怎么还能去吻她呢？他为自己的莽撞冲动后悔得什么似的,预感到加琬不会再来了,他就愈加珍惜她来过的那个夜晚,以后的连续几天他一遍一遍地回想着那个夜晚她说的每一句话,每一个举止眼神,还有那清朗得直响到他心里的笑声。

　　一个星期后的中午,当他不经意地拿起电话,听到她在电话里报出"我是小舒"时,他的四肢竟兴奋得颤动起来。

　　她说夜里不回省城去,工厂里当月的效益也好,没啥事儿,她想来他这里玩,可以吗？

　　"欢迎欢迎!"他一迭连声地道:"欢迎都来不及呢。"

　　"要我带什么东西吗?"

　　"带……带一包糖吧。"

"水果糖？"

"不。白糖，冲咖啡的那种白糖。"

在省城，白糖是凭票供应的。陈鸣是借聘人员，他的临时居住证不能购白糖。听说市区有议价糖，但他近期没进过城。既然加琬问，他就不客气地说了出来。随后他就开始整理房间。这房间是农科所专为外请专家修的，有卫生设备，招待所的服务员每天来清扫一次，还负责折叠被子，他简直不需要怎么整理，但他还是把椅子放放端正，把靠瘪了的被窝捶捶松。加琬主动说要来玩，这就是说她没生他的气，她也愿意和他接近，她对他同样有好感，她爱他。

还有比这更让人高兴的吗？

黄金全翻了一下罚款条子，举起来晃了晃："你回答我最后一个问题，就完了。说说，明知道这个外省来的男人是有妻子儿女的，你为什么愿跟他好？"

"这还用问吗?"加琬莞尔一笑,她想随口道出一句,爱情是说不清讲不明、有她的盲目性的。但她话到嘴边马上想到,这家伙是听不懂的。她抿紧了嘴,沉吟着道,"很简单,他尊重我。我不愿意的事儿,他是不会强迫我的。"

"你就看不出来,他这是为了进一步得到你吗?"黄金全两边嘴角都闪露出狡黠的笑纹,用完全深知其意的含蓄道。奇怪的是,他这句话是用探讨般的语气说出来的。

"看不出。"加琬淡淡地说。她心里却在不屑地忖度:和你这样的人,怎么可能讲得清楚呢。

在决定了第二次主动去拜访陈鸣的时候,加琬就晓得他还会吻她。而她愿意去,就是表示愿意接受他的吻。

可陈鸣仿佛呆了似的,坐在她对面,拘谨多了。话也说得比第一次少,还不时窥视般地瞅她。他们的对话有一句没一句的，都有点儿心不在焉。直到她有所表示以后，事态才急转直下。

那是他又给她在咖啡中添了开水，放进一勺糖端过来时，她没有伸手去接杯子，她仰起脸，把头靠在椅背上，两眼一眨不眨地盯着他。

后来陈鸣多次由衷地赞叹她美极了。她的鼻梁骄傲地挺立着，她披落肩头的长发自然地垂拂在椅背后，她隆起的胸部在起伏，她的脸光彩照人地显示着美雅之态。

加琬当时就发现他惊呆了。他还不算木讷，他把咖啡杯放在桌角上，朝着她俯下脸来，在挨近她的脸那一瞬间，他又停住了。她没动，只是嘴不经意地吮了一下，据说这动作鼓舞了他。他的双手轻柔地托住了她的脸庞。她仍凝然不动地期待着，他这才俯下脸来。当他的嘴唇刚和她的碰在一起时，她的双臂举了起来，搂住了他的脖子。

加琬虽和吴绍忠有过婚史，但她从来不曾感受过如此荡人心魄的吻。她记不得他们吻了多久，她只记得这一吻使得他整个儿地进入了她的心扉。

她顺从他挨坐到床沿上去的时候，他问过她能不能拥抱她，她往被窝上一靠说：

"我都接受了你的吻，还有什么不可以呢？"

那一夜月光如水，没有一丝儿风。屋外仍有不知名儿小虫子在鸣唱，台灯的光捻得几近幽暗，可纱窗上还是不时地扑腾着蚊虻和飞虫。

他轻柔温存地抚慰着她。

加琬只觉得自己舒展的躯体如一朵水上的睡莲，在水波的荡漾中飘浮，在心灵的颤动中张开了花瓣儿，在他的细语轻言里微颤微动。她感觉到从未有过的舒畅惬意，她感到从来不曾享受过的甜美新奇。他始终在对她喃喃地叙说着甜言蜜语,盛赞她的美。他的语调轻柔、低沉,带着她听来不那么习惯的外省口音。她亢奋得脸颊上发烫了,她整个儿陶醉了。

他凑近她耳畔询问,他能得到她么?他的语气纯粹是哀求似的,说他已经好久好久没有过这种事了。

她同情他。他远离家人妻子,到人地生疏的内地省城来。她又有些不以为然,从他对她说的时间,她屈指算算,他离家也只不过三四个月。

三四个月时间,他就觉得是很久很久了吗?

她有一股莫名的不悦。脑子里掠过一个念头:男人就是这样看问题的吗?

后来她才知道他说的是实话。但那是后来,当时她拒绝了他,她说得很简短,她说今天不行。她没作一点儿解释,为什么今天不行。他没追问,他也一点没强迫她。如果他表示坚决一点,双臂有力一点,她不会使劲抗拒的。但他没有作这种努力。这使她特别满意。为了安慰他，或者说是为了给他以希望，让他高兴，讨他的喜欢，她主动告诉他，她的离婚手续办妥了。她说他们夫妻不和睦好久了，一直处于分居状态，这个星期，终于把离婚手续办清了。

他没有显示一点儿欢悦的脸相。加琬原来以为他会高兴的。她还以为他是因没得到满足而不快，故而坐起身子，郑重其事地对他许诺：

"今天不行。下一次，好吗？今天我心头太乱。"

那人把加琬讯问得足有半个小时了，他都问了些什么？是谁给了他这么大的权利？瞅着加琬漂亮，他肆意地凌辱她，用种种肮脏的话题骚扰她，折磨她。天哪！这一切竟然还都当着他的面，他还得忍受！

陈鸣周身都觉得不自在，这都是因为他，为了他的名誉，为了他的家庭，他的妻子和儿女！

加琬是无可非议的,她离了婚,她有权利另找一个伴侣。事情出了,闹开了,他已经无路可走,他只有当众宣布,他爱加琬,他要和思凤离婚,然后娶加琬,否则他如何向世人解释与加琬的关系呢?避开熟人,偷偷摸摸,每次相会都像做贼一样,难道不都是因为他有一个家吗?加琬怕被人指责为"第三者",而他呢,怕被人斥为喜新厌旧,当代陈世美,成名成家之后抛弃糟糠之妻。一旦啥都不怕不在乎了,也就是那么回事了。这么一来,他的感情生活说不定还真可能峰回路转,有个美好的开端呢。

"嗳,过来!"公园那人在招呼他过去了,"你过来!"

总算完了,这回轮到他了。陈鸣离开光皮桦树,朝那儿走去。加琬在往他这边走来,她像变了一个人,成熟端庄仍不失与生俱来的那股美。他瞅着她,他们平时相见幽会,都离得很近很近,他好久没有隔开一段距离瞅她了。她也

望着他,在向他走近。在他俩擦身而过的那一瞬间,他听到她说了一句:

"没说。"

他顿时明白了她的意思,她说的是没承认。这么说半个小时那家伙颠来倒去追问的,就是他们有没有发生关系。这么说加琬挺住了,她始终没说。这么说事情还有挽回的希望。在公园一齐坐着,有过一些亲昵举动,和发生过关系毕竟是两码事。

如此忖度着走近公园那人,那人不客气地指着加琬刚才站的地方道:"站到那里去!"

陈鸣站了过去。

"叫什么名字?"

陈鸣见他手里拿着自己的证件,说:"你不是知道了吗?"

"叫你回答你就回答。"

陈鸣很火,但他克制着自己,照实回答了。

"就得这样,明白了吗? 让你说什么,你就得说什么。"这家伙不断扬着手里的白纸条儿!"刚才她已经全部交代了,现在看你的态度了。说,你们相识多久了?"

"几个月。"

"究竟几个月?"

"三四个月。"

"三四个月就把人家勾上手了,你这有妇之夫不简单啊。老实说吧,你们有过几次肉体关系了?"

"没有。"

"没有,那你们刚才在山上都干了些什么?告诉你,正正当当谈情说爱是不会到那种地方去的。从那种地方逮下来的男女,全他妈的是乱搞的,老子一逮一个准。社会风气全让你们这种衣冠禽兽搞坏了你懂不懂。他妈的还是什么专家呢!多几个你这样的专家社会不乱成了一锅粥!"他唾沫飞溅地一顿臭骂。

陈鸣真想反唇相讥,世界上没有几个国家

会有人一本正经地去干预一对拥抱接吻的恋人，惟独在贵公园，出现像你先生一样的风化卫士……若允许他说，他同样可以把这家伙取笑一番。但他不想惹新的麻烦了，他只愿意此事尽快有个结局。他承认道：

"是啊，我们是坐久了，有些情不自禁，是不对。"

这个叫陈鸣的什么专家总算软下来了，开始认错。这就行了。说实话黄金全瞅他那副神态几次都想揍他，妈的，漂亮女人就是专让这类人占了便宜。刚才他的话也有些吹嘘，他并不是一逮一个准。有一回他也逮错了。只怪那一对儿太没顾忌了，提着塑料兜儿，兜里拿出了报纸，还有一小块毯子。选的地方也不够隐蔽，只是路人瞅不见罢了。但怎能瞒得了他们专干这一行的！黄金全瞄上了他俩之后，迅速用对讲机唤来了五六个伙伴。那晚是节日前夕，上夜班的多。听说有了目标,他们很快围拢来了。当那一对宝货在铺开的毯子上行欢作乐时,弟兄们的光束同时射了过去,陆小毛的电筒最缺德,直射在那男人的光屁股上。

女人拿衣服遮挡自己的肉体,男人跌坐在毯子上。黄金全和伙伴们放声大笑,你一言我一语调侃起来:

"真会选时间地点啊!"

"享福享福,看来你们都是老手了!"

"跑到哥们眼皮底下干'好事'来了,妈的,真是狂妄!"

"快点,穿上衣服跟我们走一趟!"

这一对儿倒也不慌不忙,不卑不亢,折叠那小块毯子时,还不停地抚平褶皱。黄金全、陆小毛六七个伙伴气得真想当众揍他俩,围观者太多了,他们把这对男女拽到了办公室。

审讯以黄金全为主,连公园的头儿都承认,黄金全是审讯人的高手。黄金全呢,从审问人

这件事上感觉到无穷的乐趣。他没待这对狗男女稳下神来,厉声喝问:

"说,你们是什么关系?"

太出乎人意料了,女人笑了。男人重复道:"什么关系?夫妻呗。"

"胡说!撒谎。"黄金全猛地一声吼。他的几个伙伴也跟着七嘴八舌一顿喝斥。

"别激动别激动,"男人显得出奇的冷静,"何必如此声嘶力竭呢!我们俩带着结婚证,还有两张工作证,交给他们,交给他们仔细看看,核对清楚。"

随着男人的话音,女人从那只塑料兜里,果然把工作证、结婚证,还有户口簿都拿出来了。

姓名、照片都细细核对过了,没丝毫差错!这他妈的可是黄金全他们这拨哥们从没遇见过的事儿。

连审讯老手黄金全的问话都充满了狐疑:"是名副其实的夫妻,你们钻到公园里来干什么？他娘的存心捣乱，破坏社会的正常秩序，制造混乱，大搞精神污染，有意破坏安定团结。是不是？你们的主观意图是不是这样?"

黄金全就是有这样的本事，说话间就能把现成的帽子重重地扣到对方头上，吓得对方不敢声辩。

满以为能唬住对手，不料这对夫妇全都承认。但黄金全从他俩的神态举止中看出他们全然没把这些帽子当一回事。

"是啊是啊，正像你说的那样。"男人爽快地承认，紧接着又说出一句令黄金全他们吃惊的话，"可这些都是我们单位领导让干的。不信，你们可以及时和我们单位领导联系。"

他还主动提供了单位领导的名字和电话号码。

折腾了近两个小时，黄金全完全没有以往那种驾驭审讯局面的自得，相反却感到让这对男女牵着鼻子在走，隐隐地还有种被捉弄的感觉。虽然在表面上,黄金全还是胜利了,把这对男女的单位领导喊来训了一顿,让他们把这对男女领回去好好教育。实质上,黄金全他们是让这一对宝货给作弄了。两三个月之后,在黄金全几乎把这件不痛快的事情忘记了时,他接到了一个电话。对方报出姓名,就是被抓的那位男的,他一迭连声向黄金全表示谢意,他说他和他的妻子终于分配到了住房,没有公园保卫处对厂领导的那番训斥教育,厂领导是绝对不可能分住房给他们的。他们结婚多年,一直在打游击,不是在集体宿舍钻空子,就是在外头高价租房,或者给亲戚朋友磕头作揖,寄人篱下地租住一两个月。出了公园那回事儿,厂领导虽然对他们夫妻暴跳如雷地大光其火,但是住房还是分配给了他们。他们特意打来这个电话,向公园保卫处致意并感谢,因为事前他们早就听说,隐峰山公园的风化卫士们特别活跃,工作干得非常出色。现在看来完全符合事实。

黄金全甩了电话，哭笑不得。这些年来他作弄过多少落到手掌里来的男女啊！没想到这对男女反把他给耍了。

　　这类损人不利己还被利用的蠢事，黄金全是绝不愿再碰上了。他得实惠些。照规定，在公园里没发生男女关系，只是有些一般的"越轨"举动，罚款数额两人至多不能超过二十元。今天遇上的这对男女，肯定没在隐峰山上干过那事儿，可只罚他们二十元，实在是太便宜了他们。审了他们半天，他俩连以往是否有过男女关系都不愿说，黄金全心头也吃不准，这两个人的关系究竟到了哪一步。如若一个电话打到农科所或是工艺美术厂，对方来人把他俩领回去，那么连塞牙缝的罚款都得不到。只会又是一件损人不利己的事情。还不如敲他们一笔，敲得他们痛，痛得他们忘不了。黄金全曾在杂志上看到过一篇描写他们这类人的文章，那文章里以肯定的语气道，这些同志的工作完全是纯粹的义务劳动,不取分文,事实上也没处可取。他们不分昼夜地在行动,这是支没有正式名称、没有编制、没有首领、甚至不为大多数人所知的效益极高的队伍,谁也无法统计它的规模。笔者暂且只能称他们为"风化卫队"。

没把此文读完,黄金全就把杂志撕了,耍笔杆的家伙把他们当作一帮白痴了!

只要拿得稳,黄金全从来都是能捞则捞,多多益善的。他开始启发陈鸣了:

"既然知道错了,那你说吧,怎么处理?我提醒你,不要以为你是外省来的什么专家,我们省城里的女人不是那么好玩好耍的。你是要付出代价的,惨重的代价,不让你身败名裂,也得要你头破血流。"

"轰"一声陈鸣的头脑像要炸开来。最轻的处理也是头破血流,他还有啥顾忌的。对他来说,别讲是头破血流,即使是事情张扬开去,也就是身败名裂。与其让人茶余饭后私底下指着脊梁骨窃窃私议,叹息摇头,不如做得堂堂正正,光明磊落。几年前他出访归来,在香港换机时随手买了一本杂志翻阅消遣,那上头记载一位国内享有盛誉的小说家青年时期有过鲜为人知的婚外恋经历。杂志上不但刊出了当年那位第三者与小说家热恋时的合影,还刊出了她今天尚在人世的消息及照片。同行的几位农学家对小说家生前绝口不提此事表示理解,但对他晚年在回忆录中故意隐瞒此事并编写另外的经历甚为不解。"他哪怕不去触及,也比煞费苦心地编写一段假经历留给后人强啊!"这几乎是同陈鸣一道出访的几位年轻农学家的共识。但陈鸣却对此事表示能够理解。是的,可能在小说家的观念中,这样的事终归是见不得人的吧。能够隐匿下去不让外人知晓,总比流言蜚语满天飞扬要好得多。而此时此刻,陈鸣已经无从瞒起,他又是那么深切地爱着加琬。他何不做得襟怀坦白、光明正大一些。那几位对小说家颇有微词的农学家在候机厅热烈地议论此事时,几乎异口同声地说:现在对此类事儿,其实大家还是能理解的。况且,陈鸣本人的婚史,又不是不值得人同情的！如若把他与加琬的幸福和一时的名誉相比较,他宁愿要一辈子的幸福。再说,加琬不是已经怀孕了嘛,她有流产史,她又那么渴望把孩子生下来。他愿意她生下孩子,想到他和美貌无比的加琬生下的小宝宝,他内心有股按捺不住的亢奋和激动。他不是答应她,不是就在隐峰山林子旁相偎相依时答应她,他将把在这个省里获得的奖金一万元以及另外的讲课费、津贴和不多的几笔稿酬一齐留给她嘛！他将在工作稍稍告一段落时,回到沿海的城市里,去向思凤摊牌,去说服思凤办理平静的、不吵不闹的协议离婚嘛。听到他说出这话,加琬不是忘情地搂着他说,她什么都不要,她就要他这个人嘛！他们之间也正是在这种状况下亲吻的。

现在公园这个家伙的从天而降，只不过打乱了他们原拟的计划而已。只不过使得他们双方本想悄悄进行的事情宣扬开来了，使他们名誉上遭受损失而已。

这样的忖度之后，陈鸣还在乎付出什么代价呢？他对公园这人道："你说吧。该怎么办就怎么办。"

"你不在乎，那好吧！我就照规矩办。"公园这家伙显得气鼓鼓、兴冲冲地，"我们公园对你们这样的丑事是有一套规矩的，只要你不怕痛就行了。"

他一边说一边忿忿地扬着手里的纸条和圆珠笔。

遭审讯时注意力太集中了，加琬倒并不感觉多少害怕。一个人孤零零地站到这远远的光皮桦树边，她反而觉得一阵比一阵恐惧。看到公园那人一面对陈鸣说话一面挥舞着手里的白纸条,她愈加惧怕了。她怕陈鸣脾气倔犟和他顶撞起来。她怕两个男人克制不住动起手来,那样的话陈鸣非吃大亏,遭一顿毒打不可。她怕事情最终闹大,陈鸣的声誉一落千丈,只得无奈地灰溜溜地离开农科所回去,她也就永远地失去了他。她怕……她还怕事情不能在公园里了结,消息传回工艺美术厂。上头刚给她派来一个支部书记。这位书记也是位能人,正在从她的手里分权,施展他的影响。哦不,她怎能失去陈鸣,事业一帆风顺时她都离不开他,别说如今市文化宫的餐厅亏本,工艺美术厂成了一碗肥肉,有人正在不动声色地觊觎着它。她精神上需要支柱。她感情上更需要慰藉和体贴。她不能让陈鸣在这样的时刻离去,不能。她的感情她的生活她的事业她的幸福,她一切的一切都离不开陈鸣,包括她已经怀上的孩子。她需要他,她要他……和他在一起神醉心迷情感激荡,和他在一起她真正地品尝了爱的甘露和如痴如狂的心旌摇曳。她忘不了，她忘不了。

　　事前加琬给陈鸣挂过电话，说她想去，他说欢迎。就是在电话里她都听出他简短的话语中透出颤喜。到了夜里，她去了。她迟疑了好几天，要不要到他那里去。她知道这次去将发生什么事，上一次她已经答应了他。这回去她再不能拒绝他了。她仍然有着隐隐的恐惧和不安，想起工艺美术厂曾有位女知青，丈夫是个肤色白净戴副眼镜的男子，什么人见了他都说此人文质彬彬、温文尔雅，可以想象他会相当尊重妻子。哪晓得女知青一年比一年消瘦，关心的姐妹问及她，她忍受不住了脱口而出说丈夫是条狼狗，好些年来就像畜牲一样粗野地对待她。她从来没在这种事上有过一丝半点的欢乐。听说当时加琬就联想到自己可悲的夫妻关系。现在她又撞上了陈鸣，他会怎么对待她呢？如果他到了床上也是粗蛮得令人不能忍受，她是要

81

绝望的。

但她还是去了。她穿了一身深色的外衣,黑色的裙子,咖啡色的衬衣,她不想让人远远地一见就认出来。她也没走农科所的大门,直接骑着自行车拐上了通农科所后院的小路。后院的小门成年累月都开着,她把自行车放倒在树杆后面的草丛里,是怕人看到自行车联想到什么。

陈鸣精神上肯定是有准备的,他屋里的台灯捻得幽暗朦胧,窗帘全拉上了。关上门的时候,她听到他把门闩上了。他的手非常缓慢轻柔地搭上她的肩膀,她的肩抖动了一下。

"怎么?"他耳语般问。

"没啥。"她答,没有忸怩,挨近了他随他走近床沿边,坐下来时她问,"会有人找你吗?"

"不会吧。"他答得不很肯定,"一般晚上来人,白天要约一下的。事前不约,来了人门房会打电话进来。"

她伸出一只手去，把台灯关熄了。

他们就像沉浸在一丝朦胧都不见的夜色里。她听得见他的喘息，她的脸庞靠近他，他的头转来转去仿佛在犹豫，在寻找，他吻了她。她承受着他的吻，心毕剥毕剥跳得一阵比一阵凶，她怕他陡然冲动起来，他们吻得时间不长，所以刚分开又紧紧地贴在一起了。她觉得欢悦舒畅。

"你是命运送给我的天使。"陈鸣的声音好像从天上传来，"我爱你。"

她不知自己是哼了一声还是发出低弱的呻吟。随而她敛神屏息地搂住了他的身子，她能感觉他的心房像有头野兽在蹦跳，可是她却不怕。他抚慰着她，她享受着他的抚慰，微微合上了眼睑。她看到满天的星光灿烂地闪烁，银河里像有一艘小船，那小小的只能载托他俩的小舟轻摇慢晃着。似有震天雷鸣般的轰响在四周骤然而起，凝神倾听却又什么声息都听不见，唯有撒遍山野的昆虫蟋蟀在鸣唱合奏。她的血脉在跳荡,她的生命在搏动,她的四肢和躯体在舒展,她感觉自己像朵鲜艳欲滴的花儿在盛开。她的呼吸和喘息一阵比一阵局促。她睁大眼来,她看到他紧贴着自己,他们相挨相拥只隔着皮肤,她的两片嘴唇花瓣般张开结实而贪婪地吻着他。她不再有疑虑恐惧,他给了她这有生以来不曾尝受的幸福。她无意识地呢喃着闭上眼睛,伸开双臂紧搂着他。她仿佛在踏进梦境中的婚礼,她的白马王子将一只镶有钻石的戒指套在她纤长的手指上。有一团火焰燃烧起来,烧得山峦的边际一片通红,烧得云天苍穹红彤彤的像绚烂的朝霞……

当火焰、婚礼、梦境、震响全都消失殆尽时,加琬披散着乌发紧搂着陈鸣躺在床上的薄暗里。她像寻找到归宿般,更紧地挨近了他说:

"你让我感到世界变了……"

他整个儿环抱着她说:"我真想娶你,真

想……"

她分辩他的语调和声气,明白他不是随口说说的甜言蜜语,于是询问般可怜地道:"不行么?"

"有难度。"他如实地说。她在一阵失望中,听他讲起了妻子思凤。她这是第一次真正了解他。

八年前思凤的子宫患疾,第一次诊断时医生就关照癌变的可能性极大。从那时开始他们的性生活就慢慢失去乐趣。逐渐逐渐变得乏味和漠然。大约在两年半之后动了手术,虽然确诊是癌,但术后的效果是好的。医生郑重其事地叮嘱术后必须杜绝至少节制房事,这无疑宣判了他俩灵肉结合的婚姻的死刑。陈鸣白天晚上把一颗心扑到事业上,思凤病休在家悉心照料他们的一双儿女。四口之家的日子打发得尚算相安无事。又是两年过去了,思凤的检查结果恢复得很正常,那时陈鸣在事业上已经开始出成果。是思凤主动提出他们该有真正的夫妻生活。于是他们又有了一段回光返照般的夫妇蜜月。仅仅过去一年,她的旧疾又有复发的趋势,他们慌忙赶去医院,医生诊断后说算他们福大命大来得及时,思凤的旧疾没有恶化。而在她再次手术的治疗过程中,一位和思凤患同样疾病的妇女因送进医院已迟,就在思凤住的病房里死去。第二次出院时,医生严禁他们再有肉体关系,并且断言,如再复发,那么已死的那位妇女就是思凤的写照。他们当然只有遵照医生的嘱咐行事。多少年来,陈鸣和思凤一直是对恩爱夫妇,思凤比以往更细致柔情地服侍陈鸣。即使如此,即使在外人看去那么令人羡慕的一个家庭,和睦平静的外表之下同样潜藏着残酷的本质。思凤是个通情达理的女人,在漠然的生活中度过了一年多之后,她神情颓丧地对陈鸣说,要不,你留神一下周围,看看有没有合适的女性……陈鸣不忍心瞅着已为疾病折磨得痛苦不堪的妻子那双绝望的眼神，他断然地摇摇头，似安慰自己，又像安慰妻子般道："我们不是有一双儿女嘛！"仿佛他们当初的结合纯粹仅仅是为了今天这一对可爱的儿女。思凤没再提起这一话题，事实也不允许她提。那些年里陈鸣的研究成果已为中外学术界瞩目，他频频出国，出席各种专业性的会议。他要把成果写成论文，要将已经发表的学术论文编为专著。他还要查找外文资料，联系出版。他又要回答国外同行和专家的询问，要搜集自己翻译成外文的论文来复印保存。他出任了全国和省里面一系列协学会的理事、副理事长、常委。他应邀去给与专业对口的农学院师生或不对口的大学生们讲课，开办讲座，一些桂冠也开始戴到他的头上，光为获得的荣誉出席的从北京、上海到省城、到科委科协举办的表彰会、授奖会、座谈会就多得不计其数。他的名片上还出现很多中看中听但其实本人所知寥寥的头衔。他家庭中的不幸也被宣传了出去，由于他的成就和知名度，由于他对妻子的忠诚和思凤对他的悉心照料、关怀备至，他们先被市里评为"模范夫妇"，接着妇联和妇女杂志社又把他们家庭评为"五好家庭"。不但他和思凤的照片，就连两个孩子的照片都被登上了杂志，省、市电视台还为他们家拍过七分钟的专题片。一块"家庭楷模"的红匾悬挂在他家客厅里。凡是认识陈鸣的人都知道。

加琬相信这一切全是真实的，虽然陈鸣所在的省远在沿海，加琬仍坚信他说的每一句话。因为在她自小长大的省城里也有一些名人。她由衷地感到陈鸣说的"有难度"三个字是发自肺腑的心里话。她没有责备和埋怨陈鸣的意思，她有的只是对自己命运的叹息。而且听说了这一切，她更爱陈鸣了。她还抱着一丝希望，希望无情的时间会冲刷一切，希望在过去一段时日以后，陈鸣和思凤会解除名存实亡的婚姻关系。而他们能真正结合在一起。所有这一切都需要时间、需要忍耐，岂料今天上隐峰山公园的遭遇，将把他们暂不向世人公开的隐私一下子全都捅开，在大庭广众之中抖搂。

加琬怯弱而恐惧地面对着以后几天可能发生的事，心绪一阵比一阵纷乱无主。

"嗳!"公园那家伙站直身子扬着手在招呼她了，她拽回思绪仰起脸。那人在喊："你过来!"

语气还是命令式的。

黄金全没预料自认最费口舌的事儿三言两语便解决了，往常在抓获偷情男女之后最难缠的就是罚款的数目，往往要在他的一凶二恶的训斥、威胁、恫吓、诱惑和抓获者的哀求、哭告、狡辩、申诉之间拉锯般扯好久，最后才会迫使对方乖乖地掏出钱来。今天这两人在他咬牙切齿低沉地吼出"不罚你们三四百块钱你们是不会接受教训的"之后，只恳求了一两句，申明说他们没带这么多钱。黄金全仅虚晃了一枪就把他们治服了。他冷冷地道：

"那好吧，工作证身份证留下，你们回去取。我给你们两个单位挂电话。你们什么时候拿钱和检讨书来，就什么时候取回证件。"

叫陈鸣的男人对女人道："我们确实没带那么多，但钱是有的。加琬，你把我刚才交你准备去餐厅吃饭的钱拿出来，另外看你有多少，全拿出来，还差多少。"

黄金全看得分明，女人打开挎包，取出皮夹，掏出两张一百元，一张五十元，还有两张拾元，和一些零票，她拿在手上说："都在这里了。留下五毛钱我们买公共汽车票，其余你都拿去吧。"

黄金全在这一瞬间意识到他俩刚才所说的一切，可能都是实话。这一举动又使他俩显得过分老实了。他随口吼出一句三四百元，其实只为讨价还价时好说一些，没料想他俩信以为真，一股脑儿把钱全掏出来了。他当然要不了这么多也不敢拿这么多，就是夜间抓获当场在干"好事"的男女，他们也只能罚对方五十或一百元。但此时此刻就他一个人，这两个家伙又太憨，稍多拿一点是没人会知道的，难道这一对偷情男女还敢去张扬？他显得大度地一挥手：

"算了，就把那两张一百元的交来，其余的你们留下吧。"

两张大票子他揣进衣兜，同时把男人的身份证还给女子。叫加琬的女子说："我们能走了吗？"

"听着，必须停止你们的不正当关系，不能往下发展了。"他喝斥一句，扬扬手，表示他俩可以走了。两个人走出几步，他又喊住他们："喂，收据要不要？"

两个人全转过身来望着他，他"唰唰"一连

撕下四张收据,男的先说不要,女的也说不要,又问一句:

"你会告知我们单位吗?"

"当然要通报。看着,你们不要,我就把收据撕了!"

这一手他演习过无数遍了,当着两人面,他把四张收据撕得粉碎。像雪花般撒了一地。那两个人没再看他,走了,只走出十多步,女人又主动伸手去挽住了男的。黄金全认定这两个人是要好下去的,他已罚了他俩款,不想找他们麻烦了。况且他今天没白费口舌,花了一两个小时,他赚进一百八。那收据是公园印好的,每张五元。二十块钱他得交公,按百分比分成,陆小毛该有一份。

他意得志满,心情舒畅地吹着口哨信步走去。直到下班回家他还是踌躇满志的。想想嘛,干一天活儿就收入一百八,要是天天能这么逮着一对儿,他比什么人差?市长省长的收入会有他高？市长、省长能像他这样子随口胡诌般地骂人吼人训人？再大的官儿再有名的知识分子每天能像他这般听一个"带辈"的刺激心灵的故事！

回家时他掏七八元钱买了一瓶好酒"鸭溪窖酒"，贵州的这种名酒被人誉为鸭溪仙子，喝了以后真他妈的让人有股飘飘欲仙之感。他会给崔丽说发奖金了。近几年来崔丽知道他们隐峰山公园的效益不知要比中学校好多少倍，经常有"外水"收入。他也给崔丽说公园里举办画展、游园活动，尤其是东南亚国家的财东佛教徒捐款重修了广福寺，请进了玉佛、重塑了佛像并镀上金，吸引了省内外的佛教徒和游客，加上增辟了水上花园、洞中游览、缆车登山，餐厅小卖部，福利是相当不错的。崔丽当然都信，于是更经常慨叹教育界的收入微薄。黄金全的奖金交给她多，餐桌上的菜肴自然丰盛。即使他开怀痛饮几盅，崔丽亦从未干涉过。

踏进家门时他觉得屋子里有些异样,女儿不在家,崔丽在小厨房里忙乎,他问了一声:"娃娃呢?"崔丽在厨房里闷闷地答了一句说,送外婆家去了,怪不得感觉冷清清的呢。他走进屋去,餐桌上空落落的,往常到了这薄暮黄昏时分,桌上多少总有两三碗菜肴搁着,飘散着缕缕香味儿了。他兴致好,没多在意,一边把酒瓶子重重地搁上桌面,一边朗声说:

"今天发奖金。痛快,一发还是一大笔呢!我又买了瓶好酒,昨晚值夜班,乏了。"

他的意思很明白,你若回家晚了,也没多大关系,给整几盘下酒的菜。说着话,他换了拖鞋,趿着拖鞋"啪达啪达"走近沙发,一屁股坐了下去,顺手点燃了一支烟。他抽烟不多,尽抽好的。这年头,能享福他得尽情享。往靠垫上歪歪身子,他又朝着厨房呼出一口烟道:

"嗨,今天在公园里,又给我逮着了一对,还是什么知识分子,研究人员,狗胆包天,大白天光在那里……"

"你别说了好不好！"崔丽端着两碗面条走进屋来，打断了他的话，教训人似地道，"以后你也少给我去干这种'好事'！缺德事儿干多了，不会有好结果的。"

黄金全"呼"的一下从沙发上坐直身子，两眼瞪着妻子，妻子由于当班主任，抓升学率，脸色憔悴，体形瘦弱：

"你说什么？干缺德事？"

"当然是缺德事！"妻子的态度有些反常，黄金全想喝酒，她却煮了两碗面条，连一点菜肴的味儿都闻不着。听说发了大笔奖金，她笑脸都不露一个。一听他讲话，她就呵斥人般抢白他。把面条搁桌上，她也不招呼他，拉出板凳，坐下来就"唏哩呼噜"吃起来，边吃边道："我们班上品学兼优的三好生今天中午从新落成的教学楼上跳了下来，当场死了。只因为昨晚上她和相好的男生躲进了体操房，只因为那男生昨天过生日,他们一齐喝了点香槟酒,只因为他们带着点酒意体操房里又幽暗朦胧,他们忘形地做出了一些动作,给盯梢他俩的几个什么队员看完了全过程又当众抓获。十七岁的漂亮姑娘怎么忍受得了这样的侮辱和精神折磨,她觉得无脸见人觉得对不起父母老师,她跳了楼。那些盯梢的家伙为什么不在他们刚进体操房时就开亮灯阻止,他们凭什么要看完人家越轨举动再抓人? 他们不是太卑鄙下流无耻……"

"够了!"崔丽的话就如同耳光一记一记抡到他脸上,黄金全跳了起来,怒吼一声打断妻子的话。他见崔丽讲得激动眼角上挂着泪花儿,他真没想到妻子的同情心竟然会在这两个偷情的高中学生身上。这样的学生也曾经撞在他的手里,崔丽指桑骂槐等于是在诅咒他臭骂他。他哪里还能忍受! 他回家来想吃点好的痛饮一番,崔丽不但不满足他还来奚落他,把怨气发泄在他的身上,根本瞧不起他的工作。上级领导称赞他们是捍卫精神文明的忠诚卫士，可崔丽却恶毒地攻击他。他的气恼不打一处涌来，他扑到桌前嚷了起来："难道高中学生就该借读书之名胡搞，难道你要我去替你那个三好生的死负责？你算了吧，也不瞧瞧一个月赚回几个钱来！"

他的手冲动地一抢一扫，搁在桌上那碗还没吃的面条倒了，汤水面条淌了一桌面，他一不做二不休，干脆用胳膊肘儿横过去一掠，大海碗落在地上砸碎了，面条和汤水全嘀嘀答答淌落在地板上。崔丽受惊地离座起身锐呼尖叫起来，他一把抓过"鸭溪窖酒"的瓶子，横过身子夺门而去。妈的，只在浮面撒了点胡辣椒的清水面条竟然要来打发他一顿晚饭。他要去喝酒，找上陆小毛喝它个酩酊大醉。

陈鸣的早锻炼是不规则的。清晨醒不过来，他就任其睡过去。早上醒得早，或是晚上熬夜过分睡不着,他干脆起床出门,到外头清新宜人的空气中去小跑一阵。在原先工作的农学院是这样,出差、出访、参加学术会议是这样,借聘来内地省城的农科所也不例外。一夜失眠,雀鸟鸣唱的早晨他就更不能入睡了。

他沿着加琬时常来的那条小路跑出去。昨天公园里那个家伙一再地扬起手中的长纸条,最后几乎是启示他,看清了啵,照公园规矩,是要罚款的。说了这话他就把加琬喊过来了。陈鸣听说罚款感觉到有了转机,他心上一块石头落了地,看来事情还有商量的余地,他可能不致让农科所来人领回去。至少眼面前的面子还能够保住。罚了款他和加琬走出隐峰山公园,在等车时他俩站在队伍一边悄声议了几句。公园这家伙说要将情况给两个单位通报,估计最早也得是明天上午。因为这会儿他回到办公室马上操起电话,农科所也没人接了。过了五点钟办公室里的人全下班了。除非他给总机接线员留话，一般情况下大约不会发生这种事。加琬佯作笑脸地说，他要给工艺美术厂领导挂电话，电话只可能打到她厂长办公室。她不在，电话就没人接。办公室门她锁上了。新来的支部书记办公室里，电话还没安呢。他们认定事情要传过来，也得是上午八点以后，昨晚上九点半在约定时间陈鸣给加琬办公室挂了电话，他们各自单位还没任何迹象显示白天公园里的轶闻已经传了过来。

　　陈鸣的心仍然悬着，一直在设想今天上班之后他该如何应付种种嘴脸。可能是一整夜未睡好，他跑出去一截路就感到体力虚弱。一条柳枝迎面拂来，他伸手把它挡开。前面就要拐上公路了，这是条笔直但坡面微微倾斜的公路，八十年代后拓宽铺成的柏油马路。只要出来跑步，陈鸣总要沿公路跑出三五里地，今天跑一、二里路远就差不多了。陈鸣跃出了弯弯的小路，晓得公路是有坡度的，他自然地加快了速度,不知是脑际尚在盘绕那些恼人的问题呢,还是他因失眠而感觉迟钝了。跃上公路的同时他没有及时拐弯,而是仍在机械地往前笔直地跑。

一辆顺坡而下的大卡车风驰电掣般地迎面开来。

喉咙里痒痒得难受,嘴巴里干涩得满是苦臭味,浑身因酒力的弥散而困乏无力,勉强睁开眼屎黏糊的眼皮,黄金全只觉得阳光刺眼。

那边三屉桌上有个茶缸子,掀开盖子还有半缸子冷茶,黄金全"咕咚咕嘟"喝下去,觉得好受了许多。退回床沿边时,他顺手按了一下黑白电视机的开关。正在播新闻,是每天上午10点钟的省城新闻。和崔丽的脸庞有几分相像的播音员在播完一条重点工地的报道之后,又拿着张纸放低了些嗓音报道:

"本台消息。接农科所电话,我省聘请的著名青年畜牧专家、农学家,省政府颁发的科技特别奖获得者陈鸣同志,在今晨的早锻炼途中,因车祸丧生。本台记者闻讯,正赶往七公里附近事故现场采访。关于此事详情,请观众注意收看晚上的本省新闻……"

黄金全无动于衷地听完报道,在播音员继续往下播时,他眨巴眨巴眼睛,陡地觉得陈鸣这个姓名太熟悉了,对了,这家伙就是他昨天逮住的那个人,不是说他是什么专家研究员吗?看来,他虽有艳福,却命运不济,跑跑步也会让汽车压死。

黄金全吐了一口唾沫。

电台电视台播出的新闻加琬全都没有听到。她是遵照和陈鸣约定的通话时间给他拨电话过去,听农科所总机说的。待她扔下电话往外走,工艺美术厂不少职工都在议论这件事儿。

加琬下意识地往农科所飞跑过去,跑到半途她骇然收住了脚,看到陈鸣的尸体她会控制不住。她若不顾一切地扑将上去失声痛哭，人们会怎么看怎么议论她？她又有什么权力扑到他的遗体上去？

　　加琬如被人劈面揍了一记耳光般转过身，摇晃着有身孕的身躯跑回了宿舍。她关严门捂住被子放声大哭。她的命真苦真苦，好苦的命运啊！她爱上了一个人怀上了他的孩子这个人却甩手离她而去。她该怎么办？她将怎么办？她如何来应付今后的一切？隐瞒下去还是公开出来？她为什么如此糊涂为什么不多多地叮嘱他留神，昨天走出公园时陈鸣就有些失态。他们出了公园走进了一家面馆，买了两碗面加琬一点都吃不下，他却狼吞虎咽一口气把两碗面都吃下去了。她问他还饿么，他说不饿了却不知道面是什么滋味。离开面馆走向车站时，加琬发现他的脸色虚青发白很难看，她说你是不是很难受，陈鸣点头道他只觉得像被人剥光衣裳打了一顿。加琬心痛得不知如何安慰他，她只有一个劲儿诅咒公园那个家伙，其他别无办法。她知道他说的感觉纯是精神上的但她能够理解，她察觉这点就该好好嘱咐他直到他警惕。这些年来他事业上功成名就一帆风顺。他出国他开会他上报纸上电视四处受人尊敬，遭到昨天那一幕太伤他的自尊心。他受不了。昨晚，她就不该和他心灰意懒地分手只顾防备外界，她应该守着他直到他安宁平静下来，事到如今悔之莫及，她该如何是好？

以后连续的几天加琬的神经几乎近于崩溃。她请了病假不敢留在厂里，她怕自己的失态惹来人们的猜疑和流言蜚语。她住到省城弟弟家里，在弟弟家里她也坐卧不安，她睹物思情不断想起陈鸣和自己在弟弟家里度过的那些珍贵的一去不复返的时光。

省科委为他举行了隆重的追悼会，省里市里各有一位副省长、副市长出席了他的追悼会，农科所差不多全体同志都去了。由于他的科研成果受益最大的几个县每个县都送了花圈还派来了代表。加琬听说他的夫人思凤赶来了,她接受一切人的安慰和吊唁。她不断地淌着热泪虽然没失声痛哭但也把眼睛哭肿了。工艺美术厂离农科所太近了什么消息都能听到。追悼大会那天加琬去了只得避开众人耳目远远地站在农科所外头倾听那隐约可辨的哀乐。除了穿一身黑衣裳她不能有更多的表示,她只能在心中默哀把所有的痛苦都吞咽下去。风拂起她黑色的裙摆黑色的衣襟,她在那一瞬间感觉到自己的魂灵仿佛附到他的身上随他而去了。

思凤是个开通人同意将他的尸体埋葬在农科所附近向阳向着宽阔田坝的山坡上。她说陈鸣的事业在这里归宿也该在这里。他的科研成果在国内受益最大的是这个省,她不能硬拽着他离去。她会年年带着一双儿女来上坟的。

安葬之后等到所有的人离去加琬才在暮色垂落的时候赶上坡。她不敢走得离坟墓太近,她怕自己受不了,她只站在能看到大理石墓碑的地方远远眺望,直到天黑尽了,确信周围再没旁人她才奋身扑了上去。抚摸墓碑,她啜泣着呢喃着自己都不知待了多久多久……

　　直到心灵的波澜随着感情上的狂风暴雨渐渐平息,理智才慢慢恢复。在陈鸣的住处留有她的一些外人一看而知是女性特有的物品,一双红色的塑料拖鞋,一套贴身的女式内衣,一件陈鸣买来送她的精美豪华的睡衣,还有一套日常生活用的小物品。陈鸣是个细心人,平时将所有这些属于她的东西,统统分别装进塑料袋,放在一只上锁的大抽屉里。大抽屉的两把钥匙。一把在加琬这儿,另一把在他身上,思凤在收拾丈夫的遗物时,不会不发现这一秘密。加琬相信她是不会说的,但她必然会带着这一疑团离去,随着日月的流逝,这个疑团将在她的脑际梗阻一辈子,她可能会理解丈夫,也可能将在心灵深处怨恨他一辈子。她肯定知道陈鸣有一个婚外的女人。加琬不愿意她就此带着郁闷，猜忌压抑地离去，应该让她晓得事情的真相。况且加琬已经怀上了他的孩子，这个孩子未来的命运未卜，不知孩子会不会像加琬过去怀过的那样流产。从加琬的角度讲，她是极力想要生下这个娃娃的，万一孩子真的来到了人世间，他该有个名分，有一份保障，也有权力知道自己生身的秘密。为此，尽管尴尬难堪，甚至还冒着遭受辱骂诅咒的风险，加琬要在思凤离去之前，见上她一面。奇怪得很，她的灵魂深处，还有一股迫切地想要见见思凤的潜在欲望。

见面比加琬设想过的种种场面都要简单。她去了，循着那条她多少次去和陈鸣幽会的小路，未经预约她便去了。

思凤没有感觉震惊，她反而说，我是在等待你的出现。安葬了陈鸣我拖延着没走，就是有种预感在告诉我，你是会出现的。

加琬听她这么一说，感到自己是来对了。从思凤开口说第一句话，加琬便认定她们的会面不致很窘迫，至少她不会狼狈不堪。思凤不像她想象的那样被疾病折磨得未老先衰。她看上去和陈鸣年龄相仿，肤色虽无光泽，却也白净细腻。她胖瘦适中，有着一股内在的气质风度。一望而知也是知识妇女。若说有什么缺陷，那便是她的眼神漠然，一望就让人觉得冷冰冰的。不知是由于丧事而然，还是她历来如此。

　　加琬说她硬着头皮而来，是想解开思凤心头的疑团。思凤摆手截住了加琬的话，她仿佛有些不耐烦，又似乎有些烦躁，总之不想细听加琬陈述。她说不必讲了，陈鸣的遗物中有一封致她的信，信没写完，但是已经提到了加琬，提到了加琬的身孕，以及其他的一些事。她直截了当地问加琬有什么要求。

　　除了摇头，加琬觉得无话可说。她还没成熟到替自己非婚生的未来娃娃争名分的地步。

她觉得看来只有自己吞咽苦果了。

思凤说她是有考虑的。来的时候她就想过，既然丈夫不幸死在这里，他随身所有的东西，除非有纪念意义的，比如说他的获奖证书荣誉徽章之类她要带走，其余的一切，她都让留在这里。她问加琬听明白了吗？

加琬说不明白。

思凤开诚布公地说，陈鸣在这个省里获得的一切，当然包括爱情，包括他的一万元奖金、讲课费、稿酬什么的，她都会留下，留给加琬。既然加琬和陈鸣有了那么密切的关系，那么一定会知道他们夫妇间无奈的不幸。从这个角度讲，她感谢加琬给陈鸣的慰藉，真的。

加琬注意到思凤在说这一切时，眼神照样还是冷漠的。

思凤提高了一点声音，接着说：她作为妻子，对加琬这位插足他们家庭的女性只有一个要求，那就是维护陈鸣的名誉。如果加琬真心诚意地爱陈鸣,她相信加琬做得到这一点。

思凤抿紧嘴沉吟了片刻补充说,她和陈鸣的儿子今年正准备报考大学,他们的女儿刚刚步入中学。他们都为自己有陈鸣这样的父亲而感觉骄傲。他们是陈鸣的血亲。

加琬竭尽全力倾听思凤的每一句话,但后来她的耳膜里只有营营扰扰的一片嗡嗡声,泪水模糊了她的双眼,她只能依稀看见思凤的两片嘴唇在掀动。

事后加琬唯一能回忆起来的,是她浑身颤抖挣扎着站起来,对堵在她面前的思凤啜泣着说她答应,答应。